RETROUVEZ Franklin EN PREMIÈRE BIBLIOTHÈQUE ROSE

D'après la série TV *Franklin* produite par Nelvana Limited,
Neurones France s.a.r.l. et Neurones Luxembourg S.A.
Basé sur les ouvrages écrits par Paulette Bourgeois et illustrés par Brenda Clark.

Franklin est une marque déposée Kids Can Press Ltd.
Le personnage de Franklin a été créé par Paulette Bourgeois et Brenda Clark.
Cet ouvrage comprend deux histoires, initialement parues sous les titres :
Franklin's Pond Phantom, 2005, et *Franklin and the Tin Flute*, 2005.

Franklin's Pond Phantom, a été écrit par Sharon Jennings et illustré par Rob
Penman, Sasha McIntyre et Shelley Southern.
Basé sur l'épisode de la série TV *Franklin's Pond Phantom*, écrit par Brian Lasenby.
Franklin and the Tin Flute, a été écrit par Sharon Jennings et illustré par Céleste
Gagnon, Sasha McIntyre, Robert Penman et Laura Vegys.
Basé sur l'épisode de la série TV *Franklin's Family Treasure*, écrit par Patrick Granleese.
Publié avec l'autorisation de Kids Can Press Ltd., Toronto, Ontario, Canada.

Adaptation de Natacha Godeau
© Hachette Livre, 2005, pour la présente édition.

Hachette Livre, 43, quai de Grenelle, 75015 Paris.

Franklin
et le monstre
de l'étang

Franklin sait compter de deux en deux et lacer ses chaussures. Il croit aussi tout ce que les livres racontent. Et il a justement lu qu'il existe un monstre mystérieux, dans l'étang de BoisVille…

Ce jour-là, Franklin prit une grande décision.

— Papa, maman, annonça-t-il fièrement. Je pars à la recherche du monstre de l'étang !

— Personne ne
l'a vu depuis
de nombreuses
années, le
prévint papa.

— Moi, je le verrai
aujourd'hui !
assura la petite
tortue.

— Mais rentre
pour dîner,
ordonna
maman.

Alors, Franklin se rendit à
l'étang et s'installa sur la
berge.
— D'ici, j'apercevrai
le monstre dès qu'il se
montrera !

Et Franklin fit
le guet.

Longtemps,
si longtemps…

… qu'il finit par
s'endormir.

Peu après, Franklin s'éveilla.
Il remarqua que le soleil
brillait fort à la surface de
l'étang. Quand, soudain,
une grande forme blanche
glissa sur l'eau, dans le
lointain.

— C'est le monstre !
s'exclama la petite tortue.

Vite, Franklin courut au
parc avertir ses amis.
— J'ai vu le monstre de
l'étang !

— Mamy aussi,
dit Martin. Mais
il y a longtemps !

— Je vis là-bas,
grogna Lily. S'il y
avait un monstre,
je le saurais !

— Venez avec moi, proposa
la petite tortue. Et nous
verrons tous le monstre !

Une fois sur la berge de l'étang, Franklin expliqua :
— J'étais ici quand un monstre blanc est apparu sur l'eau !
— Oh ! l'envia Martin.
— Et il venait vers moi ! renchérit la petite tortue.
Lily avait vraiment du mal à y croire.

Ils s'assirent alors sur
l'herbe et firent le guet
ensemble.

Au bout d'une
heure, Lily
soupira :
— Le monstre
n'existe pas. Je rentre !

— Moi aussi,
l'imita Martin.
J'ai trop faim.

— Une photo du monstre leur prouvera que j'ai raison ! réfléchit Franklin.

Il rentra à la maison, chercher son appareil photo.

Et revint à l'étang avec.

Le soleil brillait fort à la
surface de l'étang. Quand,
soudain, une grande forme
blanche glissa sur l'eau,
dans le lointain !
CLIC !
Franklin prit sa photo !

Puis, il se dépêcha d'aller
la faire développer au
labo. La photo était un
peu floue, mais on y voyait
quand même une grande
forme blanche sur l'eau.

— Génial, applaudit
Franklin. Le monstre
existe bien !

Le lendemain, Franklin
retrouva ses amis à l'étang.
Il leur montra la photo.
— Ça alors ! fit Martin.

— C'est beaucoup trop flou, constata Lily. Moi, ce soi-disant monstre, je veux le voir de mes propres yeux pour y croire !

Ils s'assirent à nouveau sur la rive et firent le guet ensemble.

Longtemps, si longtemps…

… que Martin et Lily finirent par s'endormir.

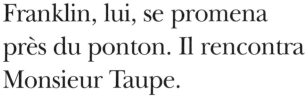

Franklin, lui, se promena
près du ponton. Il rencontra
Monsieur Taupe.

— Depuis le temps qu'on
n'avait pas vu ce monstre !
s'exclama Monsieur
Taupe en regardant
la photo.

Cela lui donna justement
une idée.

— Prenons mon
bateau et cher-
chons-le !

— D'accord !
accepta Franklin.

M. Taupe
l'aida alors à
embarquer.

Ils naviguèrent tout autour
de l'étang. Mais si le
monstre existait, il resta
bien caché…

Entre-temps, Martin et Lily s'éveillèrent. Le soleil brillait fort à la surface de l'étang. Quand, soudain, une grande forme blanche glissa sur l'eau, dans le lointain !

— Regarde Lily ! s'écria
Martin. Le monstre vient
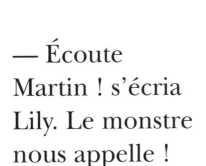
vers nous !

— Écoute
Martin ! s'écria
Lily. Le monstre
nous appelle !

Oui, le monstre se rappro-
chait de plus en plus…

Au point d'accoster.
Normal, pour
un bateau !

Franklin débarqua, et
M. Taupe s'éloigna avec
son bateau.
— Nous n'avons pas trouvé
le monstre, regretta la
petite tortue.

— Mais nous, si ! ricana Lily.

— Ah bon ? Où ça ?

— Derrière toi, Franklin,
répondit Martin.

Vite, la petite tortue
se retourna pleine de
curiosité…

Le soleil brillait fort à la
surface de l'étang. Quand,
soudain, une grande forme
blanche glissa sur l'eau,
dans le lointain.

— Youpi, j'avais raison !
triompha Franklin.

Martin et Lily éclatèrent de rire.

— Voyons, Franklin, ce n'est pas un monstre ! s'esclaffa Lily.

— C'est le bateau de M. Taupe ! renchérit Martin.

Franklin examina l'horizon avec attention et reconnut la grande voile blanche.

— Flûte, gémit-il, déçu. Le monstre n'existe pas !

— Rentrons à la maison !
proposa Franklin.
Mais Franklin et ses amis
ont-ils assez bien cherché… ?

Une flûte pour Franklin

Franklin sait compter de
deux en deux et lacer ses
chaussures. Il sait aussi
jouer du tambourin et
du triangle. L'ennui,
c'est qu'il trouve simplement
une flûte… et n'arrive pas à
en jouer ! Alors, Franklin
décide de s'en débarrasser…

Un jour, Franklin fouilla
dans une vieille malle, à la
cave. Il découvrit une flûte
et essaya aussitôt d'en jouer.
Pfut ! fit la flûte.

— Raté, dit
Franklin.

Il souffla à nouveau dans la
flûte.
Pfut ! Pfut !

— Encore raté,
gémit Franklin.
Je vais devoir
m'exercer.

Assis au bord de l'étang, il s'entraîna donc à jouer de la flûte toute la matinée. Pfut ! Pfut ! Pfut ! Pfut !

— Décidément, soupira-t-il. C'est de pire en pire !

Alors, Franklin rentra par le parc. En chemin, il s'exerça encore et encore…
Quand, soudain, il rencontra Basile.

— Oh, s'extasia le lapin. Quelle belle flûte !
— Ah bon ? s'étonna Franklin.

— Si tu veux, je te l'échange contre cette grosse bille verte, proposa Basile.

— Marché conclu ! topa Franklin.

Plus tard, au déjeuner, la petite tortue montra à tout le monde sa bille neuve en expliquant :

— C'est Basile qui me l'a échangée.

— Justement, remarqua Papa. J'ai vu Basile, sur la route. Il jouait de la flûte. On aurait juré ma flûte fétiche, celle qui apparte- nait à mon papa.

— La flûte de Grand-Père ? s'affola Franklin.

— Oui, approuva Papa.
Je vais la chercher dans
ma vieille malle.
— Moi, je vais
chercher Basile !
se précipita
Franklin.

Franklin retrouva son ami
au bac à sable.

— Rends-moi ma flûte,
demanda-t-il en lui
redonnant sa bille.
C'est celle de Grand-Père !

— Trop tard,
s'excusa Basile.
Martin me l'a
échangée
contre sa pelle
et son seau.

— Oh, non ! s'écria
Franklin. Je dois
trouver Martin !

Franklin et Basile trouvèrent Martin à l'étang.

— Rends-moi ma flûte,
demanda la petite tortue.

— C'est celle de son grand-
père, ajouta le lapin en
redonnant la pelle et le seau.

— Trop tard,
s'excusa Martin. Béatrice
me l'a échangée contre
son voilier.

— Oh non !
s'écria Franklin.
Je dois vite trouver
Béatrice !

Franklin, Basile et Martin
trouvèrent Béatrice à la
bibliothèque.

— Rends-moi
ma flûte,
demanda la
petite tortue.

— C'est celle de son grand-
père, ajouta l'ourson en
redonnant le voilier.

— Trop tard,
s'excusa Béatrice.
Raffin me l'a
échangée contre
ses crayons.

— Oh non ! s'écria
Franklin. Je dois
vite trouver Raffin !

Franklin, Basile, Martin et Béatrice trouvèrent Raffin sur la colline.

— Rends-moi ma flûte, demanda la petite tortue.

— C'est celle de son grand-père, ajouta l'oie en redonnant les crayons.

— Trop tard, s'excusa Raffin. Éloïse me l'a échangée contre son cerf-volant.

— Oh non ! s'écria Franklin. Je dois vite trouver Éloïse !

Franklin, Basile, Martin,
Béatrice et Raffin trouvèrent
Éloïse chez elle.

— Rends-moi ma flûte,
demanda la petite tortue.

— C'est celle de son
grand-père, ajouta le
renard en

redonnant le cerf-volant.

— Trop tard,
s'excusa Éloïse.
Lily me l'a
échangée
contre son livre.

— Oh non ! s'écria
Franklin. Je dois vite
trouver Lily !

Franklin, Basile, Martin,
Béatrice, Raffin et Éloïse ne
trouvèrent pas Lily. Pourtant,
ils cherchèrent partout.

Par contre, ils trouvèrent
monsieur Taupe.

— J'ai aperçu Lily avec un
cornet de glace, les rensei-
gna-t-il.

Aussitôt, ils coururent tous
chez le glacier.

Mais leur amie Lily
n'y était pas.
—J'abandonne, soupira
Franklin, découragé.
Je n'ai plus qu'à tout
avouer à papa...